おばあちゃんのあかね色

楠 章子 作
あわい 絵

もくじ

1 おばあちゃんが認知症《にんちしょう》？

「もう少し大きくなったら、自分だけの場所《ばしょ》がほしくなるはずだから」

「そうなったら、ここは杏《あん》の部屋《へや》よ」

と、パパとママがいってくれていた日当たりのいい小部屋《こべや》。

きゅうにそこは、おばあちゃんにゆずることになりました。

「おばあちゃんとね、いっしょにすむことになったの。だからここは、しばらくおばあちゃんのお部屋《へや》ね」

ママはフローリングのゆかをふきながら、説明《せつめい》します。

「えーー」

いきなりのことに、杏《あん》は口をとがらせました。

宿題《しゅくだい》をするのもあそぶのも、これまではリビングでしていました。リビン

かぶ
yama
床ピッカ

グならママかパパがいるから、さみしくありません。でもこのごろ、何をするのもママやパパに見られているのは、少しいやだなあと思うのです。

「どうしていっしょにすむの?」

杏《あん》はたずねました。

ひとりが気楽でいいわ〜というのが、おばあちゃんの口ぐせです。なのにどうして?

なっとくできない顔の杏《あん》に、ママは少しためらいながら答えました。

「あのね、おばあちゃん、認知症《にんちしょう》なの。それで、もうひとりぐらしは無理《むり》になってきてて……」

おばあちゃんは、ママのママです。むかしはおじいちゃんとふたりでくらしていましたが、おじいちゃんが亡《な》くなってひとりになりました。

おじいちゃんが亡《な》くなったのは、もう十年も前のことです。そのとき、ママはおばあちゃんを心配《しんぱい》して、

「いっしょにすみましょう」

と、さそったそうです。が、おばあちゃんは、こういったんですって。

「あんたは、子育《こそだ》てとお店をがんばりなさい。わたしはひとりで気楽にやるわ」

ちょうど杏《あん》が生まれたばかりでした。

杏《あん》のママは、家の一階《かい》でエステサロンをしています。顔のお手入れをしたり、おけしょうのしかたをアドバイスしたりするお店です。

ママは、その小さなお店をひとりでやっていて、パパは会社につとめています。

まだ小さい杏《あん》のお世話《せわ》をしながらはたらくのは、ママもパパもすごく大変《たいへん》でした。そのため、おばあちゃんは気楽にやるどころか、しょっちゅう家事《かじ》や子もりを手伝《てつだ》いにきてくれたそうです。

おばあちゃんのところから杏《あん》の家にくるには、電車やバスをのりついで、二時間半ほどかかります。

しょっちゅうくるのは、大変《たいへん》なのです。だから杏《あん》が大きくなった今は、一年に一回ほどあそびにくるていどです。

今はやめてしまいましたが、おばあちゃんも小さなお店をいとなんでいました。それは洋裁《ようさい》のお店で、ズボンのすそを上げたり、長そでを半そでにリメイクしたり。

また、おばあちゃんが仕立《した》てたワンピースやスーツを、売ったりもしていました。ママの話では、おばあちゃんは流行《りゅうこう》をよく勉強《べんきょう》していて、いつも自分にぴったりのセンスのいい服《ふく》を着《き》ていたんですって。

だからおばあちゃんは、今でもとてもおしゃれです。

杏《あん》も、おしゃれをするのが大すき。毎日何を着《き》るかは、自分できめます。

おしゃれさん同士《どうし》で気が合って、おばあちゃんは杏《あん》のことを、とてもかわいがってくれています。そして、杏《あん》もおばあちゃんが大すき。

（あのおばあちゃんが、認知症《にんちしょう》？）

杏《あん》はいまいち、ぴんときません。

認知症《にんちしょう》というのは、ものごとをわすれてしまう病気《びょうき》です。それは学校で教わったから、知っています。

年をとると認知症《にんちしょう》になる人が多いのも、わかっています。けれど、自分のおばあちゃんがなるなんて。

おばあちゃんにさいごに会ったのは、一年ほど前でした。「足が弱くなって、

よくころびそうになるのよ。年のせいねえ」なんて話していましたが……。

ものわすれの気配《けはい》は、まったくありませんでした。

けれど半年ほど前から、ママはおばあちゃんのところへ何度《なんど》か通っていました。いそがしいママのほうから、わざわざおばあちゃんのところへいくのを、どうしてかなとは思っていたのです。

(おばあちゃん、病気《びょうき》だったんだ)

杏《あん》は自分がかぜをひいて、ねつが出たときのことを思いだしました。

おばあちゃんはすぐにかけつけて、ママとパパがしごとをしている間、ずっとそばにいてくれました。

病気《びょうき》のとき、やさしくしてくれたおばあちゃんに、今度《こんど》は自分がやさしくする番かもしれません。

「うん、いいよ。このお部屋《へや》、おばあちゃんがつかっても」

杏《あん》がうなずくと、ママはほっとした顔をしました。

「ありがとう。おばあちゃん、安心《あんしん》するわ。杏《あん》のお部屋《へや》とっちゃうの、気にしてたから」

それを聞いて、杏《あん》は（なーんだ）と思いました。

この小部屋《こべや》が、いつか杏《あん》のものになるという話をおぼえているのなら、だいじょうぶそうです。家族《かぞく》のこともわすれてしまうと聞いていたけれど、そこまでひどくないのかもしれません。

（あのおばあちゃんだもん、元気にきまってるよね。あ、そうだ。学校に何着《き》ていくか、そうだんしよう！）

朝は、ママもパパもばたばたいそがしくて、洋服《ようふく》のそうだんにはのってくれません。でも、おばあちゃんなら、きっと「これがいいんじゃない？」って、いっしょに考えてくれるはずです。

「ふふふ」

いっしょにくらすのが、杏《あん》はちょっと楽しみになってきました。

2 変《か》わってしまったおばあちゃん

すがすがしいブルーの空に雲一つない、秋晴れの日曜日。朝早くに、ママはおばあちゃんをむかえにいきました。

そして、おばあちゃんはひっこしてきました。家の前に車がとまると、それに気づいたパパはおふろそうじの手を止め、げんかんに走っていきます。

リビングでじゅくの宿題《しゅくだい》のドリルをしていた杏《あん》も、いそいでげんかんへ。

杏《あん》とパパが外に出ると、おばあちゃんがゆっくりと車からおりてきました。

そこへ、ちょうど近所《きんじょ》のおじさんが通りかかりました。

「こんにちは」

あいさつをするおじさんに、パパがすばやくいいました。

「あの、妻《つま》の母です。今日からいっしょにくらすことになりまして」

「おお、そうですか。どうもどうも」

おじさんは、おばあちゃんに頭を下げました。

「もう年なもので、むすめたちのやっかいになることになりまして」

おばあちゃんが苦《にが》わらいすると、おじさんは首をふりました。

「いえいえ、おわかいじゃないですか。すごくおしゃれで」

「まあ、おはずかしい」

おばあちゃんは、てれて両手《りょうて》で顔をかくします。

たしかに今日も、おばあちゃんはおしゃれです。きれいにおけしょうをして、白髪《しらが》をきちんとゆいあげ、白いシャツをかっこよく着《き》こなしています。

「そういえば、おばあちゃんて何歳《なんさい》？」

杏《あん》はふと気になって、たずねました。

「ええと……」

おばあちゃんは、すぐに答えませんでした。そして少し考えてから、こういいました。

「三十歳《さい》よ」

パパとおじさんは、目をぱちぱちさせています。

（三十歳《さい》？　ママが四十五歳《さい》なのに、そんなわけないよね）

杏《あん》もきょとんとしていたら、ママが車からあわてておりてきました。

「もう、いくらなんでもわかくいいすぎ～。七十八歳《さい》でしょっ」

「あ、ああ、なるほど。じょうだんですか。おもしろい人だなあ」

おじさんは、あっはっはとわらいました。

ママとパパも、おじさんに合わせるようにわらいます。

おばあちゃんも、おほほほとわらっています。

（えっ、じょうだん？）

杏《あん》は首をかしげました。おばあちゃんは今まで、そんなじょうだんはいったことがありません。杏《あん》は同じようにわらえませんでした。みょうなかんじ

がします。

家に入ると、杏《あん》は日当たりのいい小部屋《こべや》に、おばあちゃんを案内《あんない》しました。

「ここ、杏《あん》ちゃんのお部屋《へや》だったのよね。ごめんね」

おばあちゃんが、あやまります。

「いいよ、だっておばあちゃん」

病気《びょうき》なんだもんといいかけて、杏《あん》はあっとつづきの言葉《ことば》をのみこみました。

かわりの言葉《ことば》が思いつきません。

（どうしよう）

杏《あん》があせっていると、タイミングよく、ママが大きな声でよびます。

「ねえー、お茶のみましょう。つかれたでしょー」

「はーい」

杏《あん》はほっとして、おばあちゃんとリビングにいきました。

ミルクティーをのむおばあちゃんは、少し背中《せなか》が丸くなったような気がしますが、前とそんなに変《か》わりなく見えます。

（認知症《にんちしょう》、だいじょうぶそう）

杏《あん》は安心《あんしん》しました。


けれど、その夜。

つかれたからと、おばあちゃんが早くにおふとんに入った後、ママが話しはじめました。

「じつは、今日むかえにいったときね」

おばあちゃんは、ひっこしのことをすっかりわすれていたそうです。

それによごれた服《ふく》を着《き》て、髪《かみ》の毛はぼさぼさだったんですって。

「ちょっとにおいが気になったから、たぶんおふろに何日も入っていないんだなと思って。まずバスタブにおゆをはって、おふろに入ってもらってから出てきたの」

おしゃれだったのは、ママが手伝《てつだ》って服《ふく》をえらんだり、おけしょうをしたりしてきたからだったのです。

「それでおそかったのか。うーん、そうぞうしていたより大変《たいへん》そうだな」

パパは、うでを組みました。

「はなれていたとはいえ、まだだいじょうぶだろうって、今日まできてしまって……反省《はんせい》してるわ」

ママは、うなだれます。

「ぼくも聞いていたのに、積極的《せっきょくてき》には何もしなかったし。ごめん」

あやまるパパに、ママはほほえみました。

「ありがとう。これから、わからないことやとまどうことが、たくさんあるだろうけど、よろしくね」

「うん、一つずつ解決《かいけつ》していこう」

ママとパパの会話を、杏《あん》はだまって聞いていました。大人の話は、いつもだまって聞くだけです。

「ああ、それにしても、おじさんに三十歳《さい》っていいだしたのには、びっくりしたなあ」

ママはそういって、ぐびっと缶《かん》ビールをのみます。

「やっぱり、じょうだんじゃなかったんだ」

「ちがうと思うわ。あんなじょうだんいう人じゃないもの。あれ、本気で答えたのよ」

杏《あん》は、だからみょうなかんじだったのだと思いました。

(おばあちゃん、本当に自分のこと三十歳《さい》だと思っているのかな)

そうだとしたら、とてもショックです。

ふたりはどんどん話をすすめていきます。

「今日はあわてて、認知症《にんちしょう》のことかくしちゃったけど、ご近所《きんじょ》さんには話しておいたほうがいいんじゃないかな」

　パパの考えに、ママがさんせいします。

「そうね、もう今はかくす時代《じだい》じゃないし」

「そもそもかくすことでもないしね」

「うん。認知症《にんちしょう》になったからって、はずかしく思うひつようないのよね」

「はずかしく思わなきゃいけない病気《びょうき》なんてないよ」

「だよね。さっそく明日、おとなりから話してみるわ」

「気になることがあったら、何でも教えてくださいって、つたえておこう」

　ママとパパは気持《きも》ちを一つにしました。でも、杏《あん》の気持《きも》ちはおいてきぼりです。

3 トイレはここ

ピピピ、ピピピピ、ピピピ。

時計のアラームを止めて、杏《あん》はがばっとふとんをめくりました。

「うー」

毎朝おきるのは、ママが一番パパが二番、そして杏《あん》が三番でさいごです。

これからしごとにいくので、朝のうちにできるかぎり家のことをやっておきたいママとパパは、早おきしてばたばたと料理《りょうり》やせんたくをしています。

だから顔をあらうことから着《き》がえまで、杏《あん》はもうひとりでてきぱきこなします。

(今日は、何を着《き》ようかなあ)

学校に着《き》ていく服《ふく》をえらぼうとして、おばあちゃんの顔がうかびました。

おしゃれのそうだんをするのを、楽しみにしていましたが……。

（もし変《へん》な答えがかえってきたら、どうしよう）

そう思うと、わざわざそうだんする気にはなりません。

杏《あん》は、いつものように自分でクローゼットの中の服《ふく》を手にとり、かがみの前で合わせてみます。

おばあちゃんのことで気分がくらくなりそうだから、あえて明るい色にしたほうがよさそうです。

（うーん、これかな）

杏《あん》はもう一度《いちど》クローゼットの服《ふく》をながめ、お気に入りの、かわいいピンク色のブラウスをえらびました。

そうして杏《あん》がリビングに顔を出すと、ママとおばあちゃんが、キッチンに立っていました。

テーブルの上には、トースト、ハムエッグ、サラダ、トマトスープ、それ

牛乳

からブドウまでならんでいます。朝ごはんは、たいていトーストとサラダで、そのサラダもなくてトーストだけの日もあるのに。

おどろいている杏《あん》に、パパが小さな声でいいました。

「ごうかだろ」

「うん」

杏《あん》がうなずくと、パパはまた小声で、

「おばあちゃんがいるから、ママ、はりきってるんだ」

と、教えてくれました。

おばあちゃんは、杏《あん》にはミルクティー、パパにはコーヒーをはこんできてくれました。

今日もママが手伝《てつだ》ったのか、身《み》だしなみをととのえたおばあちゃんは、いつものおしゃれなおばあちゃんです。

「朝ごはんこそ、しっかり食べないと、一日がんばれないわよね」

おばあちゃんにそういわれたママは、うなずきながら答えました。

「たしかに食事《しょくじ》は大切よね。じつは、朝はとりあえずいそいで食べるだけになってたの。今日から仕切《しき》り直すわ！」

それからのママは、おばあちゃんがここで安心《あんしん》してくらせるように、あれこれだんどりをはじめました。

パパも会社をお休みしたり、早く帰ってきたりして、ママを手伝《てつだ》っています。

ママとパパが具体的《ぐたいてき》に何をしているのかは、杏《あん》にはよくわかりません。でも、いそがしそうなふたりのじゃまにならないように、自分のことはなるべく自分でしようと、杏《あん》は思いました。

おばあちゃんは、これまでと変《か》わらないとかんじるときもあります。たとえばテレビを見ながら話していると、芸能人《げいのうじん》の名前などはよくおぼえています。けれど、おかしなときもあります。家が変《か》わったせいか、おちつかずうろうろするのはしょっちゅう。

「どうしたの？」

とママが声をかけると、おばあちゃんは、トイレの場所《ばしょ》をさがしていました。

ママは「あー、そうだったのね」とトイレに案内《あんない》しましたが、おばあちゃんはすぐにわすれてしまって、またさがしはじめます。

ママは「トイレはここ」と大きな紙に書いて、トイレのドアにはりました。

家の中をうろうろするのなら、まだいいのですが、家の外にも出ようとします。

「ふらふら歩いていたらあぶないし、迷子《まいご》になったらこまるし。おばあちゃんをひとりにしないようにしなくちゃ」

ママは、なるべくママかパパがおばあちゃんのそばにいるようにするときめました。

でも、杏《あん》とおばあちゃんのふたりだけになる時間もあります。おばあちゃんは、ついさっきのことをわすれてしまうので、十回も「ねえ、杏《あん》ちゃん、お茶のむ？」と聞かれたのには、まいってしまいました。

さいしょは「うん」と答えてお茶をのみました。でもその後は、「さっきのんだよ」と、ことわりました。さらにその後も聞かれると、ことわりにくくなり、杏《あん》はまた「うん」と答えました。もうおなかの中はちゃぷちゃぷですが、無理《むり》してのみました。

なのにまた「お茶のむ？」と聞かれて、ついになきそうになっているところへ、パパが帰ってきました。

パパがリビングに入ってくるなり、杏《あん》はパパにだきつきました。

「どうした!?」

「うわーん、あのね」

杏《あん》はパパのむねに顔をうずめて、しばらくなきました。

④ 灰色《はいいろ》の服《ふく》

「もうわたしの知ってるおばあちゃんじゃない。あんなおばあちゃん、いや！」

しくしくなく杏《あん》を、パパはおふろ場につれていきました。

おばあちゃんに聞こえないように、話すためです。

「変《か》わってしまったみたいに見えるけど、中身《なかみ》は何も変《か》わってないと思うよ」

パパは、杏《あん》のなみだをタオルでふきます。

「けど、何回も同じこと聞いてくるもんっ」

杏《あん》はお茶のことを話しました。すると、パパは少し考えて、杏《あん》の目を見つめました。

「そうかあ。おばあちゃんさ、ついさっきおきたことをわすれてしまうみたいだね。でもむかしのことは、色々《いろいろ》おぼえてるだろ。杏《あん》のことも、ちゃんとわかってる。おばあちゃんは、杏《あん》のことを大すきなままだよ」

「うん」

杏《あん》の目に、ふたたびなみだがにじみます。

杏《あん》だって、おばあちゃんのことが大すきです。だからきらいになりたいわけではありません。どうしていいかわからないのです。

「同じことを何度《なんど》も聞かれたり、くりかえしていわなくちゃいけないのは、しんどいよなあ。パパもついおこってしまいそうになる。でも、おばあちゃんはなぜおこられるかわからない。何度《なんど》も聞いたことは、わすれてしまっているからね。認知症《にんちしょう》はそういう病気《びょうき》なんだ。おばあちゃんのせいじゃない」

「うん、そうだよね……」

杏《あん》は、パパの目を見つめます。

「杏《あん》とおばあちゃん、ふたりきりにしてわるかったね。気をつけるけど、これからも、もし何かあったらパパかママに話して」

パパは、杏《あん》の頭をなでました。

「……わかった。でもね、ママもパパもいそがしそうだし」

えんりょする杏《あん》に、パパはものすごくもうしわけなさそうな顔をしました。

そして、デイサービスのことを教えてくれました。

「もうすぐおばあちゃん、デイサービスに通えるようになるんだ。そうしたら、ママもパパもだいぶおちつくから」

デイサービスというのは、お年よりが通う場所《ばしょ》だそうです。

そこにいけば、介護《かいご》をするスタッフさんがいて、ごはんやおふろのお世話《せわ》をしてくれます。カラオケやゲームをしたり、お花見やクリスマス会もあるんですって。

朝出かけて夕方まで、そこですごすと聞いて、杏《あん》はお年よりの学校みたいだなあと思いました。

「あはは、勉強《べんきょう》はしないけどね。そのうちお友だちもできるだろうし、たしかに学校ににてるかもな」

パパがわらったので、杏《あん》もふふふとわらいました。

パパの話の通り、まもなく、おばあちゃんはデイサービスに通うようになりました。

朝十時におむかえのワゴン車にのっていき、夕方五時ごろ、また車で帰ってきます。

「これで一安心《ひとあんしん》」

と、ママはむねをなでおろしました。そして、より合理的《ごうりてき》に、むだなくおばあちゃんのお世話《せわ》ができるように工夫《くふう》しはじめました。

まず、おばあちゃんを美容院《びよういん》につれていくと、長い髪《かみ》をばっさり切って、ショートヘアにしてもらいました。

杏《あん》が知るかぎり、おばあちゃんはいつも長い髪《かみ》をゆいあげていて、それがよくにあっていました。なのでショートヘアのおばあちゃんを見て、杏《あん》はざんねんというかさみしいというか、むねがきゅうとちぢこまるようなかんじがしました。

「デイサービスであらってもらうのも、このほうが楽だろうし、朝のしたくも
早くなるわ」

ママは満足《まんぞく》そう。おばあちゃんは、

「すーすーするねえ」

と、えりあしをなでるだけで、ぼんやりまどの外をながめています。

それからママは、せんたくしやすい服《ふく》をたくさん買ってきました。

「おばあちゃんの家からもってきた服《ふく》、おしゃれなんだけど、手あらいとかドライクリーニングとか、めんどうだから。さあ、これでせんたくきでがんがんあらえるわよ」

ママは買ってきた服《ふく》を、どさっとパパにわたしました。

「へえー」

パパはわたされた服《ふく》を、一枚《まい》一枚《まい》テーブルの上にならべていきます。じょうぶそうなシャツもズボンも、無地《むじ》の黒、灰色《はいいろ》、こん色です。

「なんで、こんな地味《じみ》なのばっかり？」

杏《あん》はたずねました。

「デイサービスの見学にいったとき、みなさん灰色《はいいろ》とか黒とかが多かったのよ。おばあちゃんだけ、カラフルな色とか派手《はで》な柄《がら》だと、ういてしまうでしょ。変《へん》に目立たないほうがいいかなと思って」

「ふうん」

杏《あん》は、地味《じみ》な灰色《はいいろ》の服《ふく》を着《き》ているおばあちゃんをそうぞうしてみました。

どうもしっくりきません。お年よりらしい服《ふく》そうといわれれば、たしかにおちついた色が思いうかびますが、杏《あん》のおばあちゃんらしくはない気がします。

5 プリン事件《じけん》

おばあちゃんがデイサービスに通いはじめると、ママとパパのいそがしさは本当に少しおちつきました。

そして杏《あん》がおばあちゃんとふたりきりですごす時間は、だいぶへりました。けれどふたりきりになってしまうときには、杏《あん》はそっとはなれています。外に出ていこうとしないかぎりは、話しかけないし、何をしているかあまり見ないようにしました。

パパは「おばあちゃんの中身《なかみ》は変《か》わっていない」といいましたが、髪《かみ》がみじかくて、くらい色の服《ふく》を着《き》たおばあちゃんは、ますます杏《あん》の知らない人のようなかんじがします。

おばあちゃんに声をかけられても、「うん」とか「わかった」とか「知らない」とか、ひとことかえすだけなので、おばあちゃんはさみしそうです。でも、もう前みたいになかよくはできない気がしています。


日曜日のことでした。

「プリンがない」

れいぞうこをあけた杏《あん》は、首をかしげました。昨日《きのう》、ママと駅前《えきまえ》のケーキやさんにいったとき、ショートケーキとプリンを買ってもらいました。

ショートケーキは、昨日《きのう》の夜に食べました。プリンは今日食べるのを、楽しみにしていたのです。

「ないはずないでしょ、よく見なさい」

ママがそういうので、杏《あん》はれいぞうこの上のだんから順番《じゅんばん》にさがしました。

ジャムのびんの後ろも、昨夜《さくや》のカレーののこりが入ったほぞん容器《ようき》のよこも、ていねいに見ていきましたが、ありません。

「ないよー。パパが食べたんじゃない⁉」

杏《あん》は、ママにうったえます。

パソコンで作業《さぎょう》をしていたママは、キーボードをたたく手を止めて、

「まさかあ」

とわらいました。

「だって、ないんだもん」

杏《あん》は口をとがらせました。

「いくらパパが食いしんぼうだからって、むすめの大事《だいじ》なプリン、勝手《かって》に食べないわよ」

ママもれいぞうこの中を、さがしてくれました。けれどプリンはありません。

今日パパはゴルフにいっていますが、ママはわざわざ電話をかけて聞いてくれました。

パパは食べていないということでした。ということは……。

「おばあちゃん」

杏《あん》とママは、同時につぶやきました。

日曜日はデイサービスがお休みなので、おばあちゃんは自分の部屋《へや》にいます。でも、聞いたところで、たぶん知らないというでしょう。

「また買ってあげるから」

「うん」

杏《あん》はしょんぼり、うなだれます。

「きっとおばあちゃんも食べたかったのね。今度《こんど》は一つじゃなくて、多めに買おう！」

ママはわざと明るく、元気に杏《あん》のかたをたたきました。

（そうか、おばあちゃんも食べたかったんだ）

杏《あん》は自分だけ食べようとして、わるかったなと思いました。

夕方に帰ってきたパパは、なんとおみやげにプリンを買ってきてくれました。

「たくさん買ってきたぞ。みんなで食べよう」

「やったー!」

杏《あん》はとびはねました。

「まあ、おいしそう」

おばあちゃんも、いっしょに食べました。おばあちゃんは、やっぱり杏《あん》のプリンを食べたことなんてわすれています。

パパが買ってきてくれたから、もうそのことはいいのですが、空になった容器《ようき》をすてるとき、杏《あん》は(あれ?)と思いました。

おばあちゃんが昨日《きのう》のプリンを食べたのなら、空になった容器《ようき》が、すててあるはずなのに、それがありません。

(おばあちゃん、食べてないの?)

だとしたら、どこにいってしまったのでしょう。

答えは、夜にわかりました。

お手伝《てつだ》いをしていた杏《あん》が、せんたくものをおばあちゃんのタンスにしまおうとしたところ、発見《はっけん》したのです。

「え、何？」

杏《あん》はタンスの引きだしの中に、ごろんとよこたわるものを見て、いっしゅん何かわかりませんでした。

まさか引きだしにプリンが入っているなんて、思ってもみませんでしたから。

「ママーー!!」

杏《あん》のよび声に、部屋《へや》へやってきたママは、

「うわー。タンスとれいぞうこをまちがうことがあるって、本で読んだのに、うっかりしてたなあ。ううー」

と、うなりました。

それから杏《あん》とママは、引きだしの中をかくにんしていきました。古くなっ

た食べものを、おばあちゃんが食べたら大変《たいへん》です。

「変《へん》なにおいしない？」

杏《あん》がいうと、ママはみけんにしわをよせました。いやなよかんがします。

すると、カビの生えたサンドイッチとくさったバナナも出てきました。杏《あん》はたまらず鼻《はな》をつまみました。

「これからは発見《はっけん》しやすいように、引きだしの中のもの、もっとへらそう」

ママは大きなビニールぶくろを広げて、おばあちゃんの家からもってきた服《ふく》を入れはじめました。

新しく買った地味《じみ》な服《ふく》でなく、おばあちゃんが大切にしてきたきれいな色の服《ふく》。カナリアの羽根《はね》みたいな黄色、やさしい草色、あざやかなピンク、水色、むらさき、あかね色。

「まって、すてないで！」

杏《あん》は、ママのうでをつかみました。

45ℓ

6 おばあちゃんの服《ふく》

ママはおどろいて、杏《あん》を見つめます。

「……すててほしくない」

うまくいえませんが、これをすててしまったら、すきだったおばあちゃんがきえてしまうような気がします。

「新しい服《ふく》がたくさんあるじゃない」

ママは地味《じみ》な色の服《ふく》を、ゆびさしました。

「これより、こっちのほうがおばあちゃんぽい」

杏《あん》は下くちびるを、ぎゅっとかみました。

「おばあちゃん、自分で服《ふく》えらんだらおかしな組みあわせになるし。わたしが毎朝手伝《てつだ》うの、大変《たいへん》なのわかるでしょ」

ママがいうには、ひとりでくらしていたおばあちゃんの様子《ようす》をたまに見にいくと、冬なのに春夏用のうすい生地の服《ふく》を着《き》ていたり、右と左でちぐはぐなくつ下をはいていたり、ボタンをかけまちがっていたり、などということがあったようです。

「……」

杏《あん》は何かいいかえしたいのですが、すぐに言葉《ことば》が思いうかびません。

「せんたくは、かんたんにできるほうがいいでしょ。あと、ぬいだり着《き》たりも、楽なほうがいいのよ。おばあちゃん、うでが上がりにくいみたいだから」

ママは、つぎつぎとすてる理由《りゆう》をならべます。

「でも……」

ママのいうことはわかります。けれど、杏《あん》はどうしてもなっとくできません。

(すきだった服《ふく》のことも、おばあちゃんはわすれてしまったのかな。すてちゃっていいのかな)

おばあちゃんに聞いてみても、たぶん「まあねえ」とあいまいなへんじをするだけでしょう。このごろ、おばあちゃんは何ごとにも自信《じしん》がないみたいで、はっきり意見《いけん》をいうことがありません。

認知症《にんちしょう》になると、いらいらしておこりっぽくなる人もいるそうですが、おばあちゃんはしょんぼりしてしまうかんじです。前は元気ではつらつとしていたのに、別人《べつじん》のように、ぼんやりしていることがふえました。

「これとか、すごく高そう！」

杏《あん》はねだんが高い服《ふく》なら、ママもためらうかなあと思って、すてきな花柄《はながら》のブラウスを広げて見せたのですが、

「それ、おばあちゃんがぬった服《ふく》よ」

といわれてしまいました。

「そうなんだ……」

おばあちゃんが作った服《ふく》なら、余計《よけい》にすてたくない気持《きも》ちです。

杏《あん》がブラウスをにぎりしめていると、ママはやわらかい生地のスカートを引っぱりだしました。

「これ、わたしもおそろいの生地で、ワンピースぬってもらったのよ」

スカートをなつかしそうになでるママに、杏《あん》はたずねました。

「着《き》てるの、見たことないよ。なんで？」

「すてちゃったもの。太ってもう着《き》られなくなったから。むかしはね、もっと細かったんだけどねえ」

ママは、えへへとわらいます。

それからスカートをていねいにたたみ、引きだしにしまいました。

「え、すてないの？」

杏《あん》は聞きました。するとママは、

「なーんか、なつかしくなっちゃった。一枚《まい》一枚《まい》に思い出があるのよね。まあ、もうしばらくはおいとこうか」

とビニールぶくろをもって、リビングにもどっていきました。

（よかった）

引きだしの中の服《ふく》には、いくつもの思い出がつまっているのです。

そしてどれにも、おばあちゃんらしさがつまっていると杏《あん》は思います。

「これ、すごくおばあちゃんぽいなあ」

杏《あん》は、カラフルな服《ふく》がならぶ引きだしの中でもとくに目立っている、あかね色のセーターをながめました。

あかね色は、ややオレンジがかった赤です。おばあちゃんは「赤じゃないよ、あかね色だよ」と、よび方にこだわっていました。

明るくて派手《はで》な色ですが、おばあちゃんが着《き》ると、ぱっとはなやかになってすてきでした。「夕焼《ゆうや》けの色よ。すてきでしょう」といいながら、おばあちゃんはあかね色の服《ふく》をよく着《き》ていました。

「あかね色は、おばあちゃんの色」

杏《あん》はつぶやきながら、引きだしの中のあかね色を一つずつ見ていきます。

セーター、カーディガン、ブラウス、コート、くつ下、ぼうし、スカーフ。たくさんあります。お気に入りで大すきな色だったのが、よくわかります。

（あっ、これなら！）

杏《あん》は、いいことを思いつきました。
（うん、よしっ）
明日の朝は、早おきしなくてはなりません。

7 服《ふく》えらび

ピピピ、ピピピ。

時計のアラームで、杏《あん》は目をさましました。

「ううー」

目をこすりながら、時間をかくにんします。いつもより三十分早めです。

ピピピ、ピピピ。

杏《あん》は時計に手をのばして、アラームを止めました。

それから自分の服《ふく》をさっときめて着《き》がえると、おばあちゃんの部屋《へや》へ。

「おはよう」

杏《あん》が部屋《へや》をのぞくと、おばあちゃんはもうおきていました。パジャマのまま、ごそごそ何かしています。

何をしているのかなと思ったら、ティッシュペーパーをはこからしゅっと一枚《まい》引きだし、ていねいにたたみます。そして、またしゅっと引っぱってたたみます。

この前、スタッフさんが、デイサービスでもやっていると教えてくれました。

「おばあちゃんの前に、はこ入りティッシュをおいておくと、いつのまにか全《ぜん》部《ぶ》たたんでしまわれるんですよー」って。

スタッフさんがいうには、おばあちゃんの行動《こうどう》には、おばあちゃんなりの意味《いみ》や目的《もくてき》があって、はこからティッシュを出してたたむのは、おばあちゃんなりにかたづけをしているそうです。

「おや、おはよう」

おばあちゃんは手を止めて、杏《あん》の顔を見ました。

「いっしょにお着《き》がえしよう。今日は、わたしが手伝《てつだ》うよ」

杏《あん》はおばあちゃんに声をかけて、タンスの引きだしをあけました。

ママが買ってきた地味《じみ》な色の服《ふく》をながめて、まず灰色《はいいろ》のシャツと黒いズボンをえらびました。

それをゆかの上に広げると、おばあちゃんは、

「ありがとうね」

と、着《き》がえはじめようとしました。

「まだ、だめだめ！」

杏《あん》はおばあちゃんを止めて、今度《こんど》はおばあちゃんがもってきた服《ふく》の入ったたた引きだしを、ながめます。

そして草色のカーディガンを出して、服《ふく》の上にのせてみました。

一色でも明るい色が入ると、一気におしゃれになります。おばあちゃんの顔にカーディガンをあててみると、おばあちゃんは、すーっとせすじをのばしてすまし顔。

いいかんじです。でも、もっとちがう服《ふく》も合わせてみようと、杏《あん》はまた引

きだしの中をながめました。

そこへママが、おばあちゃんの様子《ようす》を見にきました。

「どうしたの⁉」

杏《あん》が部屋《へや》にいるので、ママはおどろいています。

杏《あん》は説明《せつめい》しました。

「デイサービスに着《き》ていくおばあちゃんの服《ふく》、今日はわたしにえらばせて」

「はあ、そうなの。べつにいいけど」

ママは、杏《あん》が手にもっている草色のカーディガンに目をとめました。

「シャツとズボンは、ちゃんとこれだよ」

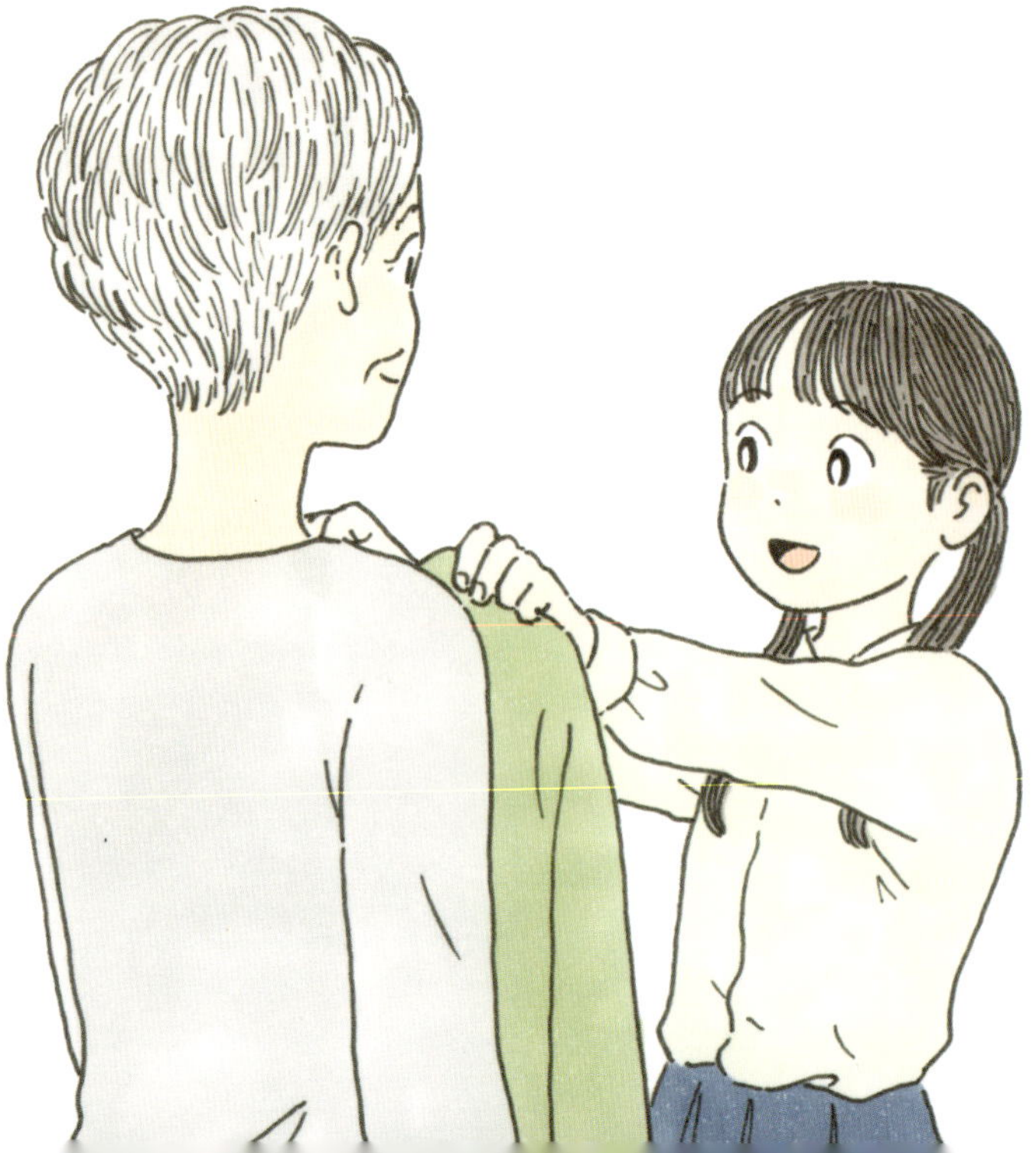

杏《あん》は、ゆかの上の服《ふく》をゆびさしました。

「うん、で、カーディガンはそれにするの?」

ママがたずねます。

「だめ?」

杏《あん》がたずねかえすと、ママはカーディガンの生地を引っぱったり、そでをさわったりしました。

「うーん。杏《あん》がせっかくえらんだんだから、いいんだけどね」

何か気になるようですが、着《き》せてみようかといってくれました。

うでが上がりにくいおばあちゃんのぬぎ着《き》を、ママはじょうずに手伝《てつだ》います。ズボンをぬいではくときは、かた足で立つとあぶないので、すわったままです。

「さて、これね」

ママはカーディガンを上に着《き》せようと、おばあちゃんのかたにかけました。

「よいしょ」

おばあちゃんは、うでをそでに通そうとしますが、なかなかうまくいきません。

ママも手伝《てつだ》いますが、きつそうです。ママが新しく買ってきた服《ふく》は少し大きめ。それに生地がやわらかくて、よくのびるので着《き》やすいのです。でも草色のカーディガンは生地がのびないし、ぴったりしたサイズなので、着《き》にくいみたい。

「べつのにしようか」

ママは、杏《あん》のほうを見ました。

「うん」

杏《あん》はすなおに、うなずきました。

「じゃあ、これなら着《き》せやすいから、杏《あん》が手伝《てつだ》ってあげて。ごはんの用意《ようい》してくるね」

ママは、杏《あん》に灰色《はいいろ》のカーディガンをわたすと、キッチンにもどっていきました。

灰色《はいいろ》のカーディガンはたしかに着《き》せやすくて、杏《あん》が少し手助《てだす》けするだけで、おばあちゃんはすぐにそでを通せました。

けれど、カーディガンを着《き》たおばあちゃんを見て、

(せっかく早おきしたのになあ)

と杏《あん》は思いました。あきらめきれなくて、引きだしをもう一度《いちど》ながめます。

「ねえ。これ、どうかな?」

杏《あん》はスカーフをとりだして、おばあちゃんの首にふわっとまいてみました。

リビングにあらわれたおばあちゃんを見て、ママとパパは、ふたりとも目

をぱちぱちさせています。

「おっ、おしゃれだねえ」

パパがほめてくれました。

おばあちゃんの首にまいたのは、あかね色のスカーフ。おばあちゃんらしい、夕焼《ゆうや》けの色です。

「なるほど、スカーフね」

ママも、感心《かんしん》しています。

「へへへ」

杏《あん》はてれながら、おばあちゃんを見ました。たった一枚《まい》、スカーフを足しただけで、今日のおばあちゃんは、ちょっと明るく見えます。

8

おしゃれのお手伝《てつだ》い

「ただいまー」

杏《あん》が、学校から帰ると、ママがうれしそうに話してくれました。

「今朝《けさ》、デイサービスのおむかえのときね。スタッフさん、おばあちゃんのスカーフに、すぐ気づいてくれたのよ」

「そうなんだ、それで？」

杏《あん》はちょっと心配《しんぱい》です。派手《はで》に思われなかったかな。

「わあ、すてきですねって。ほめてくれたわよ」

「よかったあ」

杏《あん》はほっとしました。

「でね、むすめがコーディネートしたんですよっていったの。そうしたらね、おまごさんがですか⁉　すごいですねって」

コーディネートだなんて。おおげさなかんじがして、杏《あん》はちょっぴりてれました。

夕方。デイサービスの車が家の前にとまると、ママが出むかえます。

杏《あん》は、これまでは家の中にいましたが、今日はどうだったか気になって、自分も出ていきました。

帰ってきたおばあちゃんは、ちゃんとスカーフをまいたままです。

「ひとりだけ派手《はで》なのまいて、だいじょうぶだったかしら？」

ママが心配《しんぱい》してたずねると、スタッフさんはいえいえと首をふりました。

「大こうひょうでしたよ」

スタッフさんは、おばあちゃんのスカーフをやさしくなでました。

「ぱっと明るくて、いい色ですよねえ」

「あかね色だよ」

杏《あん》が教えてあげると、スタッフさんはひざをまげて、杏《あん》に目線を合わせてくれました。

「へえー、そんな名前の色なんだ。みんな、はなやかな気分になったよ。ありがとうね」

おれいをいってもらえて、杏《あん》のむねは、とととっとはずみました。

明日の朝も早おきして、おばあちゃんのお着《き》がえを手伝《てつだ》うこと、決定《けってい》です。

（朝あわてないように、ちゃんときめておこう！）

夜ごはんを食べおえると、杏《あん》はおばあちゃんの部屋《へや》をのぞきました。

「明日は、どうする？」

おばあちゃんに声をかけながら、引きだしをあけます。

「なあに？」

おばあちゃんは、首をかしげています。

「明日のコーディネートだよ。今日といっしょじゃ、つまらないよね」

杏《あん》はあかね色のスカーフをゆびさしましたが、おばあちゃんはきょとんとしています。今日のことは、もうほとんどわすれてしまっているようです。

（せっかくおしゃれしてもわすれちゃうなら、しなくても同じ？）

いっしゅんそんなことを考えましたが、今朝のおばあちゃんのうれしそうな顔を、杏《あん》は思いだしました。

それから、ふたたび引きだしに目をやり、あわい黄色のブラウスや上品《じょうひん》なあずき色のセーターを手にとりました。

さわってみると、草色のカーディガンと同じようにあまりやわらかくなくて、のびません。

「のびないのは、着《き》にくいからダメよ」

いつのまにかママが、部屋《へや》の入り口に立っていました。

「わかってるよっ」

杏《あん》はママにいいかえしました。

「ぬぎ着《き》しやすいカラフルな服《ふく》、買ってもいいよ」

ママなりに、おしゃれのお手伝《てつだ》いをしようとしてくれているみたい。杏《あん》は心強くなりました。けれど、おばあちゃんが気に入っていたタンスの中の服《ふく》を、できれば生かしたい気がします。

これまでおばあちゃんが大事《だいじ》にしてきた服《ふく》、おばあちゃんが作った服《ふく》。おばあちゃんの思い出がつまっている服《ふく》。

「うんっ、明日はこれにしよう！」

杏《あん》はきれいな水色のベレーぼうをとりだし、おばあちゃんにかぶせました。ぼうしなら、スカーフみたいにぬぎ着《き》には関係《かんけい》ありません。

「いいんじゃないの」

ママは、手かがみをおばあちゃんにむけました。かがみにうつる、水色のベレーぼうをかぶった自分を見て、おばあちゃんは、

「どう？」

とおどけて、ファッションモデルのようにポーズをとりました。

「あははは」

「もう～、おばあちゃんたら」

杏《あん》とママは大わらい。三人でわらいあったのは、ひさしぶりでした。

杏《あん》のおしゃれのお手伝《てつだ》いは、もう何日もつづいています。

コーディネートは、夜のうちに考えるようにしています。

カラフルなぼうしやスカーフは、ほぼつかってみました。

つかっていないのは、チョコレート色のぼうしや灰色《はいいろ》のショールなど、地《じ》味《み》なものばかり。

チョコレート色のベレーぼうを、ためしにおばあちゃんにかぶってもらいました。やっぱりくらいかんじです。

「かわいくならないかなあ」

杏《あん》は、ママとパパにそうだんしてみることにしました。何か工夫《くふう》すれば、おしゃれになりそうな気がします。

リビングにいくと、パパがひとりで食器《しょっき》をあらっていました。

「ママは？」

「用事《ようじ》がまだのこってるんだって。またサロンにいったよ。どうかした？」

「じゃあ、パパ、あのね」

杏《あん》はパパに、ぼうしやショールを見せました。

パパは、さいほうがとくいです。なので、とれたボタンをつけたり、長すぎるスカートのすそを上げたりするのは、パパのしごとでした。

「うーん、リメイクだな」

そうだんされたパパは、地味《じみ》な色の小物《こもの》を前にうで組みしました。

「リメイク？」

ぴんとこない顔をする杏《あん》に、パパが説明《せつめい》します。

「古いものに手をくわえて、新しく作り直すことだよ。たとえば……」

パパは、さいほうばこをもってきました。中には、はりや糸のほか、ハギレなんかも入っています。

花柄《はながら》のハギレを、はさみでちょきちょきハートの形に切ると、チョコレート色のぼうしの上にのせます。

「いいね、おしゃれ！」

杏《あん》は手をたたきました。

「これをぬいつければいいんだけど、杏《あん》はまだはりと糸がつかえないからなあ。パパがぬってもいいけど、自分でやりたいよね？」

「うん」

杏《あん》はうなずきました。

「それなら……」

パパはさいほうばこから小さな缶《かん》をとりだし、ぱかっとあけました。

9 アップリケとネイル

缶《かん》の中には、クジラやパンダ、リンゴやヒマワリ、ミツバチや船などのアップリケが入っています。

アップリケは自分のもちものという目印《めじるし》になるだけでなく、生地にあながあいてしまったときには、補強《ほきょう》にもつかえてべんりなので、パパはたくさんもっていました。

「アイロンでくっつくから、杏《あん》にもできるぞ」

「わーい、どれにしようかな」

杏《あん》は缶《かん》の中のアップリケを、チョコレート色のベレーぼうに合わせてみます。アップリケを一つ合わせるだけで、地味《じみ》なベレーぼうが一気におしゃれになります。アイロンをもってきたパパは、プラグをコンセントにさしました。

「アイロンはかならず、ママかパパといっしょにつかうこと。やくそくだぞ」

「はいっ」

杏《あん》は元気にへんじをして、ピンク色のキャンディのアップリケを、ベレーぼうにのせました。

「ようし」

あつくなったアイロンでアップリケをおさえ、そっとアイロンをはなします。

「どれどれ」

パパが、アイロンのねつがさめたアップリケを、ゆびでさわってたしかめてくれました。ちゃんとくっついています。でも、はがれないように、さらに糸でぬいつけてくれました。

できあがったリメイクベレーぼうを手にとり、杏《あん》はながめました。チョコレート色にピンクのアップリケがよく合います。

「かわいい〜」

杏《あん》は思わず、ぼうしをだきしめました。

明日のおしゃれはこれできまりです。でも、朝までまちきれません。杏《あん》は今すぐかぶってみてほしくて、おばあちゃんの部屋《へや》にいきました。

サロンからやっともどってきたママは、パパからアップリケのことを聞き、様子《ようす》を見にきました。

「このごろ、よくここにいるね」

ママは、杏《あん》がおばあちゃんとなかよしにもどって、うれしそうです。

「それ、何?」

杏《あん》は、ママがかかえているはこに目をやりました。

「うふふ」

ママはにこにこしながら、はこをあけました。

はこの中には、小びんが数本とつめをけずるやすり、はさみなどが入っています。

「エステの道具《どうぐ》？」

杏《あん》はたずねました。

「まあね。まずは……」

ママは、つめのやすりとはさみ、あとシールのようなものをはこから出して、つくえの上にならべます。

「何これ？」

杏《あん》は、シールのようなものにきょうみをもちました。シールはうすもも色で、キラキラの星がついています。

「ネイルシールよ。つめにはるの」

ママはシールを一枚《まい》はがすと、おばあちゃんの親ゆびのつめにはりました。

そしてつめからはみでたシールをはさみで切り、さらにやすりでけずります。

するとおばあちゃんの親ゆびは、マニキュアをぬったみたいになりました。

「マニキュアだと、除光液《じょこうえき》をつかわないとおとせないけど、これならシールだから、かんたんにはがせるのよ」

「ふうーん」

杏《あん》は、それはいいなと思いました。

除光液《じょこうえき》の鼻《はな》につんとくるにおいは、苦手《にがて》です。ママが除光液《じょこうえき》でマニキュアをおとしだすと、近づかないようにしています。

「ママもおしゃれのお手伝《てつだ》い、何かできないかなあって考えたのよ。どうかな？」

つやのあるうすもも色のつめの上に、星のもようが光っています。

「すっごくすてき！」

杏《あん》の目もキラキラかがやきます。

「つめの色や表面《ひょうめん》の様子《ようす》って、健康《けんこう》かどうかの目安《めやす》になるらしいの。だから全部《ぜんぶ》のつめにははれないけど、親ゆびだけでもおしゃれよね？」

「うんうん」

杏《あん》はもう一度《いちど》、うすもも色でキラキラのつめを見て、うなずきました。

「そのかわりってわけじゃないけど、まだおわりじゃないのよ」

と、ママはここから今度《こんど》は小びんを三つとりだし、ふたをあけました。そして、

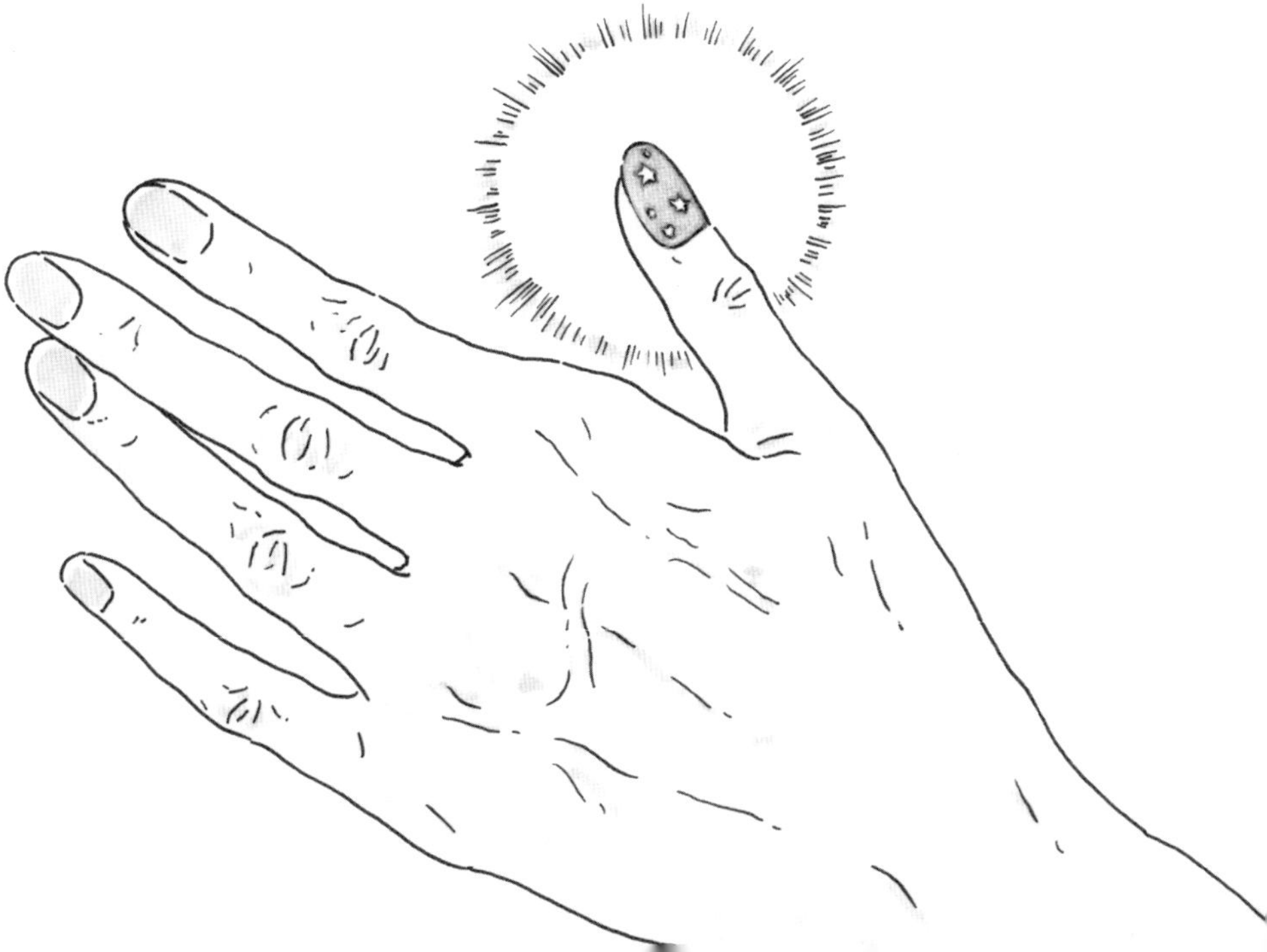

一つずつおばあちゃんの鼻《はな》に近づけます。

「どれも、いいかおりねえ」

おばあちゃんは、おだやかにほほえみます。

「どんなかおり？」

杏《あん》も小びんを鼻《はな》に近づけてみます。びんの中には、一本ずつちがうかおりの液体《えきたい》が入っているようです。

それぞれ草のような花のような、いいかおり。

ママは、おばあちゃんと杏《あん》にたずねました。

「どれがいい？」

「これかしらねえ」

「わたしは、これ」

おばあちゃんと杏《あん》は、ちがう小びんをゆびさしました。

ママは小びんにはられたラベルを見せてくれました。

おばあちゃんのえらんだ小びんには〈森のさんぽ道〉、杏《あん》がえらんだ小びんには〈花の音色〉と書かれています。

「アロマオイルよ。バラやジャスミンなどのお花や、ミントやローズマリーなどのハーブ、レモンやオレンジなどのフルーツや、ヒノキやユーカリなどの木のかおりをまぜあわせたオイルなの。そのかおりをイメージした名前がついているのよ」

ママは〈森のさんぽ道〉の小びんから、とろりとしたオイルを自分の手に少したらしました。

それからおばあちゃんの手をとり、そのオイルをゆっくりぬりこんでいきます。

木やしめった土やかれ草のようなかおりがふわっとただよいます。まるで、森の中を歩いているような気分です。

「気持《きも》ちいいわ」

おばあちゃんが目を細めます。

「これはね、ハンドトリートメントっていうの。最近《さいきん》、サロンではじめたのよ」

ママはすべらせるような手つきで、手のこうから手のひら、ゆびの一本ずつをていねいにほぐしていきます。

杏《あん》は自分もやってみたくなりました。

「わたしもいい？」

「もちろん」

ママにオーケーをもらって、杏《あん》もオイルを手にたらします。

オイルのすべるかんじが気持《きも》ちよくて、杏《あん》はゆっくり手をすりあわせました。するとふわっとあまいかおりがしてきて、心がやすらぎました。

⑩ みんなでおしゃれ

つぎの朝、デイサービスに出かけるときのことです。おばあちゃんは、げんかんのかがみにうつる自分のすがたをじっと見ると、ベレーぼうをくいっとななめにかぶり直しました。

少しななめにするだけで、ぐっとおしゃれになります。

「あら」

ママは目をぱちくり。

「さすが～」

杏《あん》は手をたたきました。

「うふふ」

ほめられて、おばあちゃんはじまんげです。

キャンディのアップリケを杏《あん》がつけたことは、もうわすれてしまっていますが、そんなことはどうでもいいと思えました。

おばあちゃんが今うれしいなら、それでいいのです。


夕方。おばあちゃんは、きげんよく帰ってきました。

出むかえた杏《あん》とママに、スタッフさんが教えてくれました。

「今日、おばあちゃま大人気でしたよ！」

「人気？」

「どういうこと？」

杏《あん》とママが首をかしげると、スタッフさんはあつく話します。

「最近《さいきん》、色々《いろいろ》おしゃれですよね！　利用者《りようしゃ》さんたちが、このベレーぼうを見て、かわいいねってもりあがって。その後にわたしたちスタッフが、このつめを見つけて、すてきってきゃあきゃあさわいじゃって」

それを聞いてもじもじする杏《あん》に、ママがいきおいよくハイタッチをしてきました。

「やったね、杏《あん》！」

「うんっ」

杏《あん》は、うれしさがこみあげてきて、にたにたしてしまいました。

「この子がね、おばあちゃんのおしゃれのお手伝《てつだ》いしてるんですよ」

ママに紹介《しょうかい》されて、杏《あん》はえへへと今度《こんど》はてれわらい。

「そうなんですね。今日のぼうしも、とってもかわいい！」

もりあがるスタッフさんに、ママがいいました。

「おばあさんでも、おしゃれしていいのねえ」

「もちろんです。利用者《りようしゃ》さんがおしゃれしてうれしそうだと、わたしたちもしあわせな気持《きも》ちになります」

スタッフさんの言葉《ことば》を聞いて、杏《あん》とママは同時に「そうなんだー」とつぶやきました。すると、おばあちゃんはこうつぶやきました。

「おしゃれなおばあさん、目指《めざ》さなくちゃね」

「……うんうん、そうね」

ずっと元気がなかったおばあちゃんから、前向《まえむ》きな言葉《ことば》が出て、ママはじーんと感動《かんどう》しています。

杏《あん》もさらにやる気がわいてきました。

夜にまたハンドトリートメントをするというママに、杏《あん》は「今日はわたしがやる！」といってみました。ママは「いいわよー。しっかり教えてあげるわねっ」とはりきります。

「おばあちゃんのすきなかおりは、これだったよね」

たくさんあるアロマオイルの小びんから、昨日《きのう》の夜におばあちゃんがえらんだ〈森のさんぽ道〉を杏《あん》が手にとろうとしたら、ママの「まった」がかかりました。

「今日は、ちがうかおりがいいかもしれないわよね。その日の気分で、心地いいかおりがちがうものなの。だから、アロマオイルは毎回えらんでもらいましょう」

「そっか」

杏《あん》は一つずつ、小びんをおばあちゃんの鼻《はな》に近づけました。

おばあちゃんは、今日は〈フレッシュフルーツ〉というオイルをえらびました。手にたらすと、オレンジやレモン、それからパイナップルのかおりがしました。かすかにあまいバニラのようなかおりもします。

「じゃあ、こうしてから、つぎはこうね」

ママのまねをしながら、杏《あん》はおばあちゃんの手をなではじめました。

「やさしくね、心をこめてやってね」

「うん」

杏《あん》はゆっくり、ていねいに手をすべらせます。

「気持《きも》ちいいわ」

今夜も、おばあちゃんは目を細めます。

「よしよし、じょうずね」

ママもほめてくれます。

杏《あん》の心は、ふわっとふくらみます。

(よろこんでもらえて、わたしも気《き》持《も》ちいいな)

そして、ふと思いました。

「ねえ、おばあちゃんの通っているデイサービスでやってあげたら、よろこんでもらえるかな？」

「利用者《りようしゃ》さんに？　ハンドトリートメントを⁉」

「うん」

ママにたずねられて、杏《あん》はこくんとうなずきました。

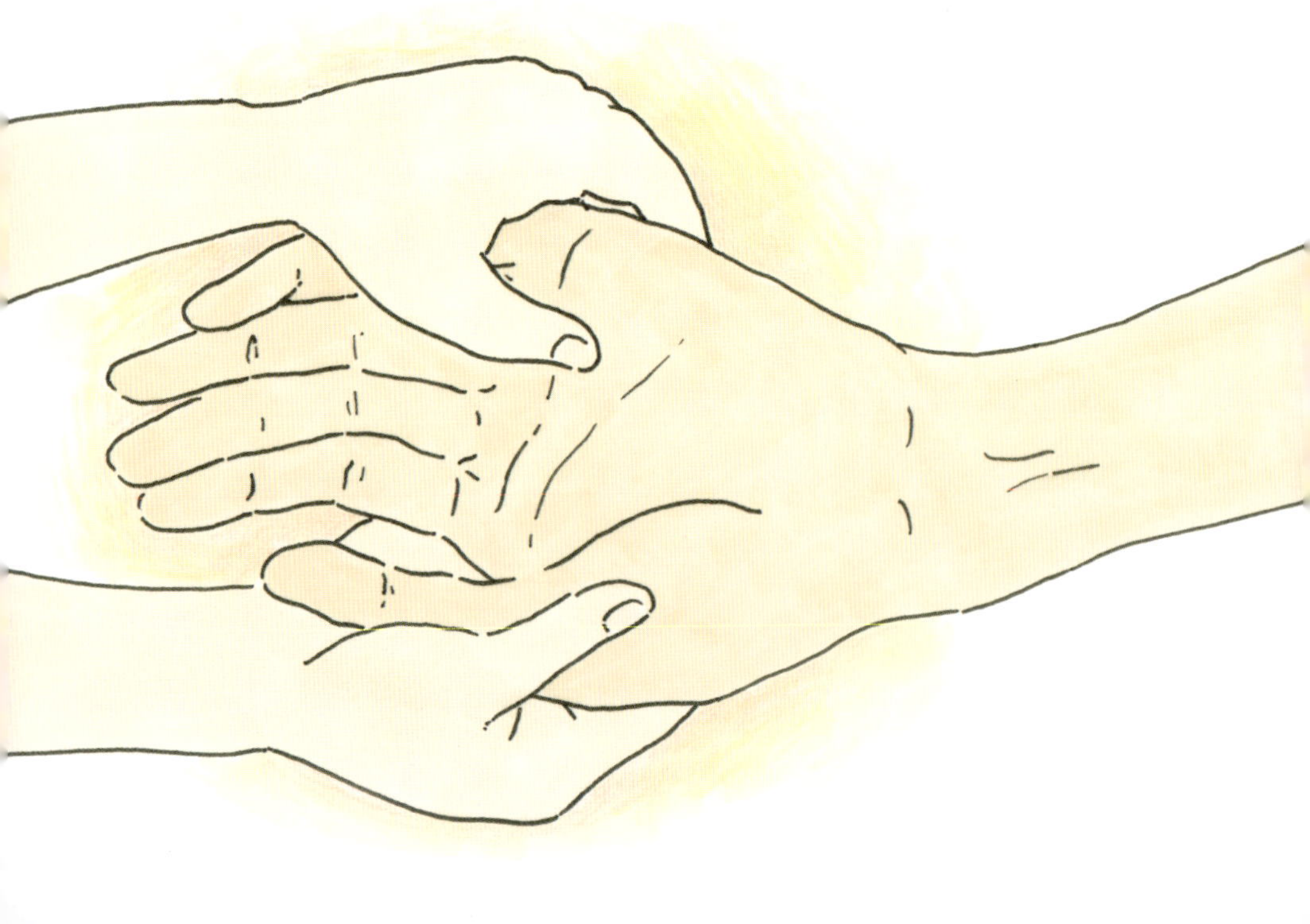

「いいじゃないの、ボランティアね！」

目をかがやかせたママは、つぎの日、さっそくスタッフさんにボランティアの話をしてくれました。

デイサービスの人たちも「いいですねえ」とのり気になってくれたので、杏《あん》とママは少しずつ計画をねっていきました。

杏《あん》は、毎日ハンドトリートメントの練習《れんしゅう》をがんばりました。

練習《れんしゅう》につきあってくれるのは、おばあちゃんです。

「まあ、じょうず！　気持《きも》ちいいわあ」

昨日《きのう》のことをわすれてしまうおばあちゃんは、毎回はじめてしてもらったように感動《かんどう》してくれます。

何度《なんど》も同じことをいわれたり聞かれたりするのは、今でもとまどってしまいます。が、ほめ言葉《ことば》なら、何度《なんど》いわれてもオーケーです。

そうして冬休みになり、いよいよデイサービスを訪問《ほうもん》する日になりました。

11

おばあちゃんは三十歳《さい》

「みなさーん、おまちかねのハンドトリートメントの時間ですよー」

スタッフさんに紹介《しょうかい》してもらい、杏《あん》とママはおじぎをしました。

杏《あん》のおばあちゃんの通うデイサービスには、二十人ほどの利用者《りようしゃ》さんがいます。見た目はまだわかくて元気そうでも、認知症《にんちしょう》がある人、足がわるくてつえをついている人、車いすにのっている人。利用者《りようしゃ》さんは、手助《てだす》けがひつような人ばかりです。どんな手助《てだす》けがひつようなのかは人それぞれ。

スタッフさんに見まもってもらいながら、杏《あん》とママは利用者《りようしゃ》さんに声をかけていきます。

「どのかおりが、いいですか?」

用意《ようい》したオイルは三種類《しゅるい》です。えらんでもらいやすいように、杏《あん》はかおりの説明《せつめい》を紙に書いてきました。
1　グッド・スリープ……ぐっすりねむれるアロマオイル
2　リフレッシュ……さわやかな気分になるアロマオイル
3　エイジレス……わかがえりのアロマオイル

杏《あん》は紙を見せながら、かおりをかいでもらいます。

「こんな年よりがわかがえりなんて、おかしいかしら」

はずかしそうにいうおばあちゃんに、杏《あん》は首をふりました。

「そんなことないです！」

「そう？　じゃあ、これおねがいしようかな」

もじもじしながら、おばあちゃんはエイジレスをゆびさしました。

「はいっ」

杏《あん》は練習《れんしゅう》した通り、まず手のひらにオイルをたらし、少しあたためてから、ゆっくりおばあちゃんの手をなではじめます。アロマオイルを鼻《はな》に近づけると、「いいかおり」とすぐによろこんでくれる人もいれば、首をかしげる人もいます。首をかしげる人は、においがよくわからないようです。

においがわかりにくくなるのは、認知《にんち》症《しょう》の症状《しょうじょう》ということでした。

(そういえば……)

杏《あん》とママは思いました。引きだしにくさった食べものが入っていても、おばあ

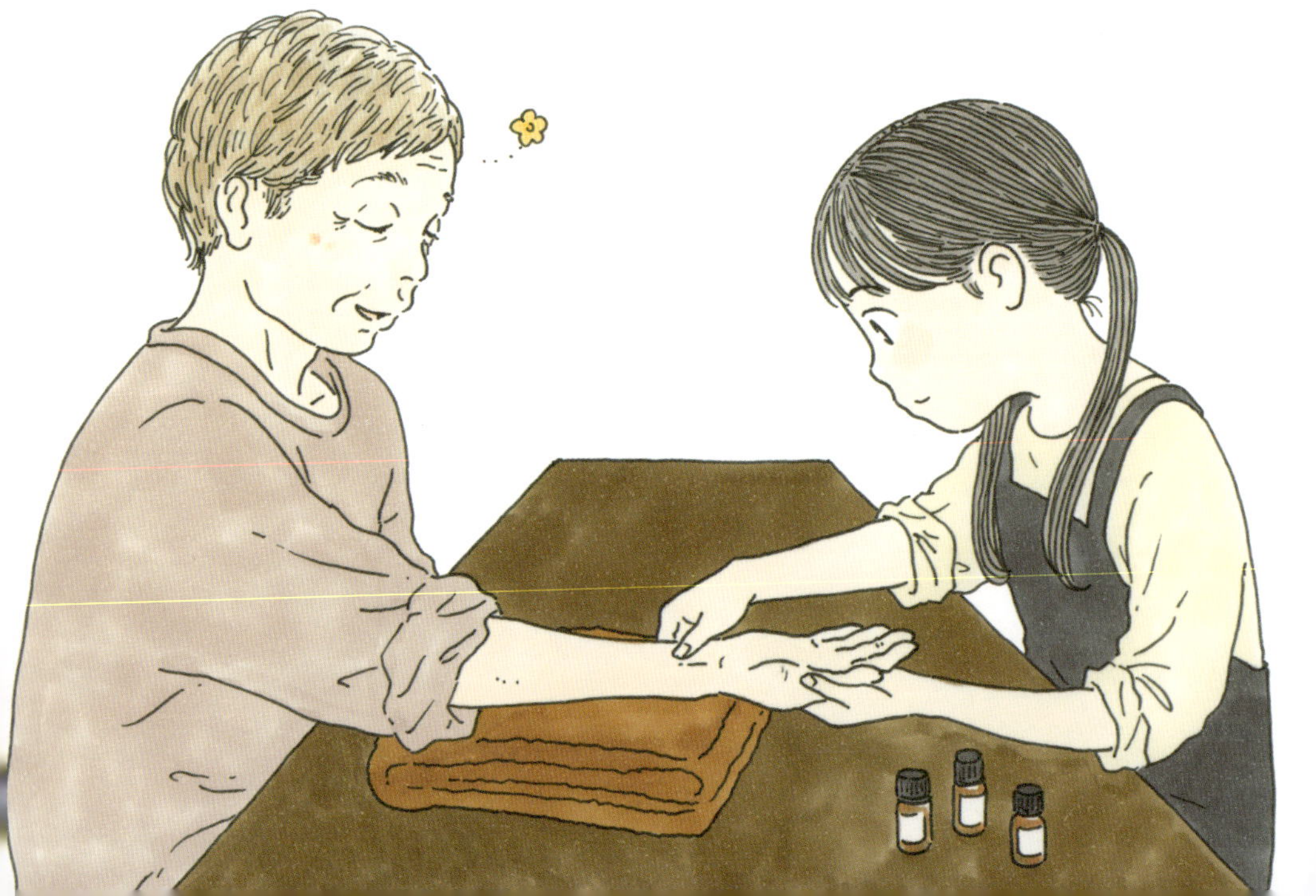

ちゃんは気にしていないようでした。

（においが、わかりにくくなっていたからなんだ）

でも、おばあちゃんは、アロマオイルのかおりはわかります。認知症《にんちしょう》だから、もうどんなにおいもわからないだろうとはきめつけず、どの人にもていねいにかいでもらうのがよさそうです。

「アロマオイルのかおりが脳《のう》にいいしげきをあたえて、認知症《にんちしょう》の症状《しょうじょう》がよくなるって話もあるんですよ」

スタッフさんにそう聞いて、杏《あん》はますますやる気がわいてきました。

わいわい楽しくやっていると、男性《だんせい》の利用者《りようしゃ》さんものぞきにきました。

「わしもいいかい？」

「どうぞ！」

杏《あん》はよろこんで、ごつごつとしたおじいちゃんの手をにぎりました。

「ほう、こりゃ極楽極楽《ごくらくごくらく》」

おじいちゃんが、気持《きも》ちよさそうにトリートメントをしてもらうのを見て、ほかの男性利用者《だんせいりようしゃ》さんもつぎつぎ、手をさしだしてきました。

「ぼくも、おねがいしていいかい？」

「おれもよろしくー」

杏《あん》とママのハンドトリートメントは大こうひょうです。その様子《ようす》を、杏《あん》のおばあちゃんはにこにこしながら見ていました。

スタッフさんにまたきてほしいとたのまれたので、杏《あん》とママは、ボランティアをつづけることにしました。

もちろん杏《あん》は、おばあちゃんのコーディネートのお手伝《てつだ》いもつづけています。

おばあちゃんの服《ふく》のリメイクは、もっとこうしてみたい！　というアイデアがどんどんうかびます。

「これぐらいね、みじかくしたいの」

きれいなあかね色のコートは、今のおばあちゃんには、すそが長すぎます。

長いとおもいし歩きにくいし、ぬぎ着《き》もしにくいので、すそを切ってみじかくすれば、これからもたくさん着《き》られそうです。

「よしっ、切ってからミシンがけだな」

と、パパが手伝《てつだ》ってくれるのですが……。

だんだん杏《あん》のやりたいことがむずかしくなってきて、パパのミシンのうでがおいつきません。

「うーん、うまくいかないなあ」

「わたしは無理《むり》だからね、がんばって！」

ママにはげまされて、

「生地がぶあついし、ここのところ、ぬいにくいなあ」

なんてぶつぶつつぶやきながら、パパはミシンをかけます。

カタカタ、カタカタ。

カタカタ、カタタ、カタタ。

「ああ、やっぱりむずかしいよ」

パパがあきらめそうになったとき、おばあちゃんがリビングに顔を出しました。

「どれどれ、わたしがやってみようか？」

おばあちゃんは、パパのかたをたたきます。

「え？　は、はい」

パパはまよいつつも、おばあちゃんと交代《こうたい》しました。

タタタタタタタ――――。

おばあちゃんは、パパの何倍《なんばい》も早いスピードで、いきおいよくぬっていきます。

「すごーい！」

杏《あん》はびっくり。

「おおー」

パパは目が点です。

おばあちゃんはもう、ミシンがけなんてできないと思いこんでいました。

が、どんどん手ぎわよくぬっていきます。

「さすがね」

ママが感心《かんしん》すると、おばあちゃんは、

「当たり前よ、これくらい。お店してるんだから」

と、自信《じしん》まんまん。

はつらつとミシンをうごかすおばあちゃんは、本当に三十歳《さい》にわかがえったように見えました。

楠 章子（くすのき あきこ）

1974年、大阪府生まれ。毎日児童小説・中学生向きにて優秀賞受賞。2005年、『神さまの住む町』（岩崎書店）でデビュー。『ばあばは、だいじょうぶ』（童心社）で青少年読書感想文全国コンクール・課題図書・小学校低学年の部に選定、児童ペン賞童話賞を受賞、のちに映画化。主な作品に『お母さんは、だいじょうぶ 認知症と母と私の20年』（毎日新聞出版）、『スタート』（あかね書房）、『星空をつくる プラネタリウム・クリエーター大平貴之』（文研出版）、「森のちいさな三姉妹」シリーズ（Gakken）などがある。

あわい

1981年、東京都生まれ。イラストレーター。web広告、書籍、雑誌の挿画や挿絵、似顔絵などの制作を手がける。主な作品に『言の葉連想辞典』（遊泳舎・編、遊泳舎）、『ゆびのすうじへーんしん』（齋藤陽道・作、アリス館）、『もしもわたしがあの子なら』（ことさわみ・作、ポプラ社）、『こんな部活あります ココロの花 華道部＆サッカー部』（八束澄子・作、新日本出版社）、「【ジュニア版】青空小学校いろいろ委員会」シリーズ（小松原宏子・作、ほるぷ出版）などがある。
公式HP https://awai880.wixsite.com/awai

協力：小規模多機能型居宅介護アルモニー西淀川大野
介護アロマサークルレイズ

こころのつばさシリーズ
おばあちゃんのあかね色
2024年11月30日　第1刷発行

作：楠 章子
絵：あわい
発行者：中沢 純一　発行所：株式会社 佼成出版社
〒166-8535　東京都杉並区和田2-7-1
電　話　03(5385)2323(販売)　03(5385)2324(編集)
https://kosei-shuppan.co.jp/
装　丁：大岡喜直(next door design)
印刷所：株式会社 精興社
製本所：株式会社 若林製本工場

ISBN978-4-333-02931-0　C8393　NDC913/96P/22cm